Vente du Samedi 21 Mars 1908

HOTEL DROUOT — SALLE N° 8

N° 110 du Catalogue.

ESTAMPES ANCIENNES

Me LAIR-DUBREUIL.   M. LOYS DELTEIL.

IMPRIMERIE

FRAZIER-SOYE

153-157, rue Montmartre

PARIS

CATALOGUE
D'ESTAMPES

des

XVIe, XVIIe et XVIIIe
SIÈCLES

Dont la vente aura lieu

à Paris, **HOTEL DROUOT**, Salle N° 8

Le Samedi 21 Mars 1908

à 2 heures précises .

Par le ministère de M° LAIR-DUBREUIL

COMMISSAIRE-PRISEUR

6, rue Favart, 6

Assisté de M. LOYS DELTEII, Artiste-Graveur, Expert

2, Rue des Beaux-Arts

CONDITIONS DE LA VENTE

Elle sera faite au comptant.

Les adjudicataires paieront *dix pour cent* en sus des enchères.

M. Loys Delteil remplira les commissions que voudront bien lui confier les amateurs ne pouvant y assister.

MM. les amateurs pourront visiter la collection, 2, *rue des Beaux-Arts*, du Lundi 16 au Jeudi 19 Mars 1908, de 2 heures à 5 heures.

POUR PARAITRE LE 30 MARS 1908

Le Peintre-Graveur Illustré

(XIXe & XXe SIÈCLES)

par LOYS DELTEIL

TOME III consacré à INGRES et à EUG. DELACROIX
et contenant la biographie des Maîtres,
le Catalogue raisonné de leur œuvre gravé et lithographié
et le fac-similé de toutes les pièces décrites.

1 volume in-4° d'environ 220 pages, orné des portraits
de INGRES et de DELACROIX, d'environ 170 fac-simile
et d'une eau-forte originale de DELACROIX.

45 Exemplaires de luxe avec une eau-forte originale
de DELACROIX (*Tigre couché à l'entrée de son
antre*) . . . . **40** francs

300 Exemplaires avec l'eau-forte de DELACROIX. . . **22** —

100 — sans l'eau-forte . . . . **15** —

A l'apparition de l'ouvrage, le prix en sera porté, pour les
exemplaires de luxe, à **50** francs, et les exemplaires ordinaires à
25 et **20** francs.

BULLETIN DE SOUSCRIPTION

(A renvoyer à M. LOYS DELTEIL, 2, rue des Beaux-Arts)

Je, soussigné, déclare souscrire à...............................*exemplaire*

du Tome IIIe du PEINTRE-GRAVEUR ILLUSTRÉ, au prix

.................................*francs l'exemplaire.*

Signature et Adresse:

DESIGNATION

1. Sous ce n° il sera vendu par lots, environ 2,500 gravures anciennes et modernes.

ALIX (Pierre-Michel)

2. Montaigne (Mich.¹ de). Superbe épreuve, *avant toute lettre, imp. en couleurs*. (Le nom du graveur tracé à la pointe).

3. Descartes (René). Superbe épreuve, *avant toute lettre, imp. en couleurs*. (Id.)

4. Corneille (Pierre). Superbe épreuve, *avant toute lettre, imp. en couleurs* (Id.)

5. Boileau (Nic.) Superbe épreuve, *avant toute lettre, imp. en couleurs*. (Id.)

6. Racine (Jean). Superbe épreuve, *avant toute lettre, imp. en couleurs*. (Id.)

7. Molière. Superbe épreuve, *avant toute lettre, imp. en couleurs*. (Id.)

8. La Fontaine (Jean de). Superbe épreuve, *avant toute lettre, imp. en couleurs*. (Id.)

9. Bossuet (J. Benigne). Superbe épreuve, *avant toute lettre, imp. en couleurs*. (Id.)

10. La Bruyère (J. de). Superbe épreuve, *avant toute lettre, imp. en couleurs.* (Id.)

11. Fontenelle. Superbe épreuve, *avant toute lettre, imp. en couleurs.* (Id.)

12. Montesquieu. Superbe épreuve, *avant toute lettre, imp. en couleurs.* (Id.)

13. Franklin (B.). Superbe épreuve, *avant toute lettre, imp. en couleurs.*

14. Voltaire. Superbe épreuve, *imp. en couleurs*, avec cache-lettre.

15. Rousseau (J. J.) Superbe épreuve, *imp. en couleurs.*

16. Helvetius. Superbe épreuve, *avant toute lettre, imp. en couleurs* (le nom du graveur, tracé à la pointe).

17. Raynal (Abbé) — Alembert (d'). Deux pièces. Superbes épreuves, *avant toute lettre, imp. en couleurs.* (Id.)

18. Condillac. Superbe épreuve, *avant toute lettre, imp. en couleurs.*

19. Malesherbes. Superbe épreuve, *avant toute lettre, imp. en couleurs* (le nom du graveur tracé à la pointe).

20. Bailly (J. S.). Superbe épreuve, *avant la lettre, imp. en couleurs.*

21. Lavoisier. Superbe épreuve, *avant la lettre, imp. en couleurs.*

22. Mably (Abbé). Superbe épreuve, *avant toute lettre, imp. en couleurs* (le nom du graveur tracé à la pointe).

23. Brutus — Lycurgue. Deux pièces. Superbes épr., *avant toute lettre, imp. en couleurs.*

N° 13 du Catalogue.

140

BAUDOUIN (d'après P. A.)

24. L'Amour à l'épreuve, par Beauvarlet (E. B. 5.)
Epreuve manquant de conservation. Encadrée.

25. Les Amours champêtres, par Choffard (7). Belle
épreuve (3 coins déchirés).

26. Jusque dans la moindre chose, par L. J. Masque-
lier (27). Superbe et rare épreuve, *avant la
lettre*.

27. Le Midi, par E. De Ghendt (33). Très belle
épreuve du 1er état, *avant la lettre*.

28. La même estampe. Belle épreuve.

29. Le Poète Anacréon, par N. De Launay (E. B. 38).
Très belle épreuve, *avec la 1re adresse*. (Petite
éraflure).

BERGHEM (Nicolas)

30. L'Homme monté sur l'âne (B. 5). Très belle
épreuve. Rare.

31. Pâtre vu de dos (6). Très belle épreuve *avant le n°*.

BOILLY (d'après L.)

32. La Précaution, par S. Tresca. Très belle épreuve.

33. Défends-moi, par Petit. Epreuve *avant toute
lettre*. Encadrée.

33 *bis*. Les petits soldats — Les petites coquettes.
Deux pièces par J. M. Gudin. Belles épreuves,
imp. en couleurs et rehaussées. Encadrées.

BOREL (d'après Ant.)

34. J'y Passerai, par R. De Launay. Très belle épreuve.

BOUCHER (d'après F.)

35. *Votre accord n'a rien qui m'étonne*, par P. Aveline. Très belle épreuve.

35 *bis*. Vénus, par L. M. Bonnet. Très belle épreuve
imp. à l'imitation du pastel (sans marge,
doublée).

35 *ter*. La Bouquetière (portrait supposé de Mme de
Pompadour), par L. M. Bonnet. Très belle
épreuve *imprimée à l'imitation du pastel* (léger
pli). Encadrée, cadre ancien.

35 *quater*. Figures Chinoises, 8 pl. — Fontaines, 3 pl. —
Groupes d'Enfants, 13 pl. Ensemble vingt-quatre
pièces, par Aveline et La Rue.

BRUYN (N. de)

36. Paysage orné de figures, d'après Breughel. *Encadrée.*

CALLOT (Jacques)

37. Les deux Vues de Paris (M. 713-714). Bonnes
épreuves.

CANALETTO (Ant.)

38. Titre des Vues de Venise (A. de Vesme 1). Belle
épreuve.

39. Mestre (3). Belle épreuve (petite épidermure).

40. La Maison au péristyle de six colonnes (13). Très
belle épreuve.

41. Marché sur la Piazzetta, à Venise (17). Belle et
très rare épreuve du 1er état, *avant la signature.*

42. Le Paysage alpestre (19). Belle épreuve.

CAQUET

42 *bis*. La Soirée du Palais-Royal. Belle épreuve.

CARESME (d'après)

42 *ter*. L'aveugle détrompé, par Wossenik. Bonne
épreuve *imp. en couleurs.*

CHARDIN (d'après J. B. S.)

43. L'Œconome, par J. Ph. Le Bas (E. B. 39). Très
belle et rare épreuve du 1er état, *avant toutes
lettres.*

COSTUMES

44. Costumes, 15 pl. par A. Bosse, Bonnart et J. Gole.
Belles épreuves.

45. Galerie des Modes et Costumes français, pl. 54
(Bourgeoise élégante), 72 (Demoiselle en caraco),
180 (Jeune Dame). Trois pièces d'apr. Desrais
et Leclerc, par Dupin et Voysard. Épreuves à
toutes marges.

46. Le Bon Genre, pl. 21 et 104 (La Sauteuse — Luxe
et Indigence) — Le Suprême Bon ton, n° 12
(La Parisienne à Londres) — Musée Grotesque,
pl. 22 (Misère et Vanité). Quatre pièces. Belles
épreuves, *coloriées*.

47. Costume Parisien, an 8 à 1817, 225 planches *coloriées*, en 2 vol. petit in-8° cart. (Taches de mou-
ches à plusieurs pl.).

48. Costumes civils et militaires Italiens, 56 dessins
à la plume lavés d'encre de chine (XVII° siècle).

49. Costume Parisien, La Mode, etc., 21 pl., la plupart *coloriées*.

50. Modes de Paris, Journal des Modistes, etc., 27 pl.,
la plupart *coloriées*.

COUTELLIER

51. Bertinazzi (Carlin). Très belle épreuve, *imp. en
couleurs, avec le cadre factice tiré sur papier
blanc*.

DEBUCOURT (P. L.)

52. La Promenade de la Galerie du Palais-Royal (11).
Belle épreuve *imp. en couleurs*, marges (restaurations).

53. La Bénédiction paternelle ou le départ de la Mariée. Epreuve épidermée.

DE LAUNAY (Nicolas)

54. La Gaieté de Silène, d'après Bertin. Superbe épreuve, *avant la dédicace*.

DE LAUNAY (R.)

55. L'Acte d'Humanité, d'apr. J. De Fraine. Belle épreuve.

DIVERS

56. S. M. Louis XV à la Cascade de Trianon, par Cochin, d'apr. Martin le jeune — Mort du P^{ce} Léopold de Brunswick, par Perdriaux — La Rochelle — Règle du Jeu du Nain jaune — Feu d'artifice tiré devant l'Hôtel-de-Ville (de Paris) en réjouissance de la Paix, etc. Sept pièces. Belles épreuves.

57. Sujets gracïeux et Paysages. Onze pl. anciennes, d'apr. Corrège, Poussin, G. Dow, etc., plusieurs *avant la lettre*.

DREVET (P. I.)

58. Bernard (Samuel), d'après H. Rigaud (D. 11). Très belle épreuve.

59. Bossuet, en pied, d'apr. H. Rigaud (12). Très belle épreuve, *avant les points* (léger pli et petite cassure).

DUCLOS (Ant. Jean)

60. La Reine annonçant à Mme de Bellegarde des juges et la liberté de son mari, en mai 1777, d'après Desfossés. Très belle épreuve *avant la lettre* (petite cassure et mouillures).

DUGOURE (d'après)

61. La Sultane favorite, par Le Beau. Superbe épreuve, *avant la lettre*.

DU JARDIN (Karel)

62. Les trois cochons couchés devant l'étable (B. 8)
— Les trois cochons près de la haie (16). Deux
pièces. Belles épreuves *avant les n^{os}*.

63. Le Berger derrière l'arbre (23). Très belle épreuve
avant le n.

DURER (Alb.)

64. La Vierge au sceptre et à la couronne d'étoiles (B.
32). Belle épreuve.

65. L'Homme de douleurs, aux mains liées, eau-forte
(B. 61). Belle épreuve.

66. La Vierge donnant le sein à l'Enfant Jésus (B. 99
des bois). Epreuve doublée.

DYCK (Antoine van)

67. Pontius (Paul) (Dutuit 9). Superbe et très rare
épreuve du 2e état, à *l'eau-forte pure, avant toute
lettre* (le fond couvert de tailles).

DYCK (d'après Ant. van)

68. Médicis (Marie de) (60) — Nassau (Cte de) (63) —
Rombouts (67) — Steenwyck (73). Quatre pièces.
Très belles épreuves *avec l'adresse d'Enden*.

69. Hondius (G.) — Mallery (C. de) — Le Roy (Ph.)—
Gevartius (G.). Quatre pièces. Très belles épreuves,
deux *avec les lettres G. H.*

ÉCOLES ANCIENNES

70. Sujets divers. Douze pièces par Jordaens, A. Bosse,
A. van Ostade, Gole, etc., la plupart en belles
épreuves.

N° 52 du Catalogue.

ÉCOLES FRANÇAISE ET ANGLAISE (xviiiᵉ siècle)

71. Portrait de Femme, m. noire — Femme jouant avec un oiseau. Deux pièces sans marges.

72. *Qu'en dit l'Abbé ?* par N. De Launay, d'après Lavreince, épr. de tirage postérieur — Voltaire couronné par Mˡˡᵉ Clairon, par Dupin, d'après Desrais — John, Earl of Hopetoun, par W. Walker, d'apr. Raeburn. Trois pièces.

73. L'Espagnol, par Flipart, d'apr. Grimou — Vertumne et Pomone, par Pruneau, d'apr. Cochin — Le Fermier brulé, par Charpentier, d'apr. Greuze — Jenny, d'apr. Singleton. — Nᵒ 51 de la 5ᵉ suite de Chevaux, de Vernet, par Levachez. Cinq pièces. Belles épreuves.

74. Pastorale, d'apr. Huet — La Ferme, par Benazech, d'apr. Boucher — Le petit Sabotier, âgé de 5 ans 1/2, dansant l'entrée de Pierrot — Tisbe, Signora Schindlerin — Piramo, signor Rauzzini — La Vierge et l'Enfant Jésus, par R. Earlom, d'apr. le Guerchin. Six pièces. Belles épreuves, la dernière *imp. en couleurs*.

74 *bis*. Le Vieillard aveugle moralisant sa fille. Petite pièce de forme ronde. Belle épreuve *imp. en couleurs*. Encadrée.

74 *ter*. Sujets divers. Neuf pièces, d'apr. Greuze, Huet, Borel, Sicardi, etc.

EDELINCK (Gérard)

75. Mouton, musicien, d'après De Troy. Très belle épreuve encadrée,

FICQUET (Etienne)

76. Maintenon (Mᵐᵉ de), d'apr. P. Mignard. Très belle épreuve.

FLAMEN (Albert)

77. Diverses espèces de Poissons, 50 pl. appartenant aux 5 suites décrites par R. Dumesnil (y compris 3 titres et 4 doubles), en très belles épreuves de 1ᵉʳ tirage et réunies en 1 alb. in-4 cart.

FRAGONARD (d'après H.)

78. La Cachette découverte, par R. De Launay. Très belle épreuve.

78 *bis*. Le Verrou — Le Contrat. Deux pièces, par M. Blot, se faisant pendants. Belles épreuves du tirage postérieur.

78 *ter*. Le Petit Prédicateur, par L. De Launay. Epreuve de tirage postérieur. Encadrée.

FREUDEBERG (d'après S.)

79. La Félicité villageoise, par J. L. Delignon. Superbe épreuve.

GAINSBOROUGH (d'après Th.)

80. *A Shepherd*, par R. Earlom. Très belle et rare épreuve, *avant toute lettre*.

GELLÉE (Claude), dit Le Lorrain

81. Le Bouvier (R. D. 8). Belle épreuve.

GOLTZIUS (H.)

82. Les Chefs-d'œuvre de Goltzius (B. 15-20), pl. 2, 5 et 6. Trois pièces. Belles épreuves.

83. Le Christ mort sur les genoux de la Vierge (41). Très belle épreuve.

84. Henri IV, Roi de France (173). Belle épreuve.

85. Duvenroode (J. van) (200). Très belle épreuve.

GOYA (F.)

86. *Nadie se conoce — Nohubo remedio*, pl. 6 et 24 des Caprices. Très belles épreuves.

87. *Por que fue sensible — Las vinde el Sueno*, pl. 32 et 34 des Caprices. Très belles épreuves.

88. *Obsequio a el maestro — Duendecitos*, pl. 47 et 49 des Caprices. Très belles épreuves.

89. *Que pico de Oro! — La filiacion*, pl. 53 et 57 des Caprices. Très belles épreuves.

90. *Volaverunt — No grites, tonta*, pl. 61 et 74 des Caprices. Très belles épreuves.

GREEN (V.)

90 *bis*. *A Dutch School*, d'apr. J. Steen. Belle épreuve.

GREUZE (d'après J. B.)

91. Le Donneur de Sérénade, par P. E. Moitte. Belle épreuve.

91 *bis*. La petite Mère — La petite Nourrice, deux pièces par Moitte, se faisant pendants. Belles épreuves, *coloriées*. Encadrées.

GUYOT (L.)

92. *Action de Joseph Chretien qui a remporté le prix de vertu à l'Académie Française en 1786*, d'apr. G. Texier. Très belle épreuve, *imp. en couleurs* (doublée).

HAMILTON (d'après W.)

93. Les Mois (Avril, Mai, Août, Octobre, Novembre et Décembre). Six pièces par F. Bartolozzi (une par Gardner). Belles épreuves *imp. en couleurs*. (Petites restaurations).

HOPFER (Daniel)

94. Un Homme et une Femme contrefaits dansant ensemble (B. 72) — Adrien VI, Pape (83). Deux pièces. Belles épreuves.

HUET (d'après J. B.)

95. La Jeune Bergère, par G. Demarteau. Belle épr. tirée en 3 tons. (n° 515).

96. Le Printemps — L'Hiver. Deux pièces par Liger et Duruisseau. Belles épreuves tirées en 3 tons.

97. Le Retour du marché — Troupeau au pâturage. Deux pièces par Bonnet, se faisant pendants. Epreuves *imp. en couleurs* (filet de marge).

97 *bis*. Les quatre Heures du Jour, par Demarteau. Suite complète de quatre pièces. Très belles épreuves imp. en 3 tons. Encadrées.

97 *ter*. L'Amour dévoile les yeux de l'Innocence... — La Fidélité couronne l'Amour — L'Innocence... — La Douceur et l'Amitié. Suite de quatre pièces; par F. J. Wolff. Belles épreuves, *coloriées*. Encadrées.

IMBERT (d'après)

98. Le Passe-passe — Le Bilboquet. Deux pièces par Mlle Papavoine, se faisant pendants. Encadrées.

JANINET (J. F.)

99. Les Trois Grâces, d'apr. Pellegrini. Epreuve *avant la lettre, imp. en couleurs* (taches et pliures).

99 *bis*. Le Culte sistematique (sic) — Bacchus préside à la fête. Deux pièces par Caresme, se faisant pendants. Epreuves manquant de conservation.

KAUFFMANN (d'après Ang.)

99 *ter*. *The Growing Desire — The Desire satissfied*. Deux pièces par Roze Lenoir et La Rue de l'Epinay, se faisant pendants.

LANCRET (d'après N.)

100. L'Hiver, par J. Ph. Le Bar. Belle épreuve (petites cassures).

LAVREINCE (d'après N.)

101 La Consolation de l'absence, par N. De Launay. Belle épreuve de tirage postérieur.

101 *bis*. L'Heureux moment, par L. De Launay. Belle épreuve du tirage postérieur.

101 *ter*. L'Heureux moment, par N. De Launay. Magnifique épreuve *avant la dédicace*, grandes marges. Encadrée.

LE BRUN (d'après Ch.)

102. Résolution prise de faire la guerre aux Hollandais et Ordre d'attaque. Deux pl. grand in-fol. par L. Cars. Belles épreuves *avant la lettre*.

LE MIRE (Noël)

103. Louis XV (J. Hédou) (33). Deux très belles épreuves, une du 1er état, *avant la lettre*, dans la marge du bas.

104. Médailles (face : Louis XV, revers : Le Dauphin, Louis XVI, et Marie-Antoinette, et allégorie du Mariage du Dauphin). Deux petites pièces très rares, relatives au Mariage de Marie-Antoinette. Très belles épreuves.

105. Au Roi — A la Reine, médaillons de Louis XVI et de Marie-Antoinette, dans des compositions allégoriques. Deux pièces d'après J. M. Moreau le jeune, se faisant pendants (39-41). Très belles et rarissimes épreuves à *l'état d'eau forte*.

106. Les mêmes estampes. Superbes et rares épreuves *avant l'adresse de Petit*.

N° 67 du Catalogue.

501.

107. Louis XVI, d'après J. S. Duplessis (36). Deux très belles et rares épreuves, une *avant toute lettre* et *avec la tablette blanche*, l'autre *avant* le nom du peintre, etc.

108. Louis XVI, d'après J. S. Duplessis (37). Superbe et rare épreuve du 1er état, *avant l'inscription dans la marge.*

109. Marie-Antoinette, médaillon couronné par deux Amours, d'après Moreau le jeune (40). Magnifique et unique épreuve d'un tout 1er état *non décrit, avant toute lettre, non entièrement terminée.*

110. La même estampe. Magnifique et rarissime épreuve du 2e état, *avant le nom des artistes.*

111. Char de l'Hyménée (Estampe allégorique relative au Mariage du Dauphin (Louis XVI), avec Marie-Antoinette ?) Deux épreuves *sans aucunes lettres,* une à *l'état d'eau-forte.*

112. Le Gateau des Rois ou le Partage de la Pologne (17). Deux très belles et rares épreuves *avant la lettre,* une à *l'état d'eau forte.*

113. Louis XV et Henri IV (35), 2e et 3e états — Louis XV, d'apr. F. Boucher (34), en collaboration avec Cochin — Louis XVI auquel on présente le portrait de Henri IV, 2 états, (un non terminé). Cinq pièces. Très belles épreuves.

114. Joseph II (31). Deux superbes épreuves, une d'un 1er état, *non décrit, avant toute lettre.*

115. Daviel, chirurgien-oculiste, d'après F. de Voge (25). Deux très belles épreuves, une à *l'état d'eau-forte.*

116. Piron (Alexis), d'apr. N. B. Lépicié (42). Trois très belles épreuves d'états différents, une *non entièrement terminée.* — Montesquieu, d'apr. Ch. Eisen, 2 ép. une à *l'état d'eau-forte.* Ensemble cinq pièces.

117. Clairon (Mlle), composition allégorique, d'après Gravelot, 2 épreuves — Frontispice, d'apr. J. M. Moreau, 3 états. — Frédéric II, roi de Prusse, médailles. — Vignettes avec le médaillon de Stanislas Leczinski. Sept pièces. Très belles épreuves.

118. Bernis (C^al de) — Laure et Pétrarque — Roussel (Cl.) — Rouelle — Poullain de St Foix — Scarron — Grimaldi — Abbé Prévost. Quinze pièces. Très belles épreuves, plusieurs *avant la lettre* ou à *l'état d'eau forte*.

119. La Fontaine, d'après J. M. Moreau le jeune, frontispice pour les *Fables causides de La Fontaine*. Deux très belles et rares épreuves, une à *l'état d'eau-forte*.

120. Rousseau (J. J.), en buste, frontispice pour l'*Emile*, d'après C. N. Cochin fils. Deux très belles épreuves *avant toute lettre*, une à *l'état d'eau-forte*.

121. Le Premier baiser de l'Amour, d'apr. J. M. Moreau le jeune. Deux superbes et rares épreuves *avant la lettre*, l'une à *l'état d'eau-forte pure*.

122. Le Soufflet, vignette pour la *Nouvelle Héloïse*, d'apr. J. M. Moreau le jeune. Très belle et très rare épreuve à *l'état d'eau-forte*.

123. Costumes militaires, Infanterie. Recueil de 80 planches, *avant la lettre*, y compris un certain nombre d'épreuves des mêmes estampes, à *l'état d'eau-forte*. Très rare.

124. Grand fleuron du titre pour la *Galerie de Dresde*, 2 superbes épreuves, une *avant divers travaux*.

125. Arc-de-Triomphe de Titus — Le Mont Vésuve en 1757 — Restes d'un Temple de Vénus dans l'Ile de Nisida — Vue du Bassin et de la ville de Bruges — La grande Rade Hollandaise. Cinq pièces en *double état* (eau-forte ou avant la lettre et et avec la lettre), d'après De la Croix et Minderhout. Belles épreuves.

126. Partie de l'œuvre de Le Mire : Latone vengée, d'apr. Teniers — Statues antiques — Essais de gravure — Statues de Louis XV, 6 pl. en 2 états — Paysages et sujets divers, d'apr. Teniers, Berghem — Planches pour les *Fables*, d'Oudry, Héloïse et Abeilard, etc. Cinquante-quatre pièces, la plupart *avant la lettre* ou *non terminées*.

LE PRINCE (d'après J. B.)

127. La Crainte, par N. Le Mire (J. H. 11). Très belle et rare épreuve du 1ᵉʳ état, *la tête de l'amant n'existe pas* (pli).

128. La même estampe. Très belle épreuve du 2ᵉ état (pli).

129. L'Enfant chéri — Le Bonheur du ménage. Deux pièces par N. De Launay, se faisant pendants. Superbes épreuves.

MARTINET (à Paris chez)

130. La Vie d'une Jolie Fille à Paris — La Vie d'un Joli Garçon à Paris. Deux pièces se faisant pendants, *coloriées*. Encadrées.

MOREAU LE JEUNE

131. Arrivée de la Reine à l'Hôtel-de-Ville — Feu d'artifice tiré à l'occasion de la Naissance du Dauphin, deux pièces grand in-fol., se faisant pendants. Très belles épreuves, *avant la lettre*. Encadrées.

MOREAU LE JEUNE et LE BARBIER (d'après)

132. Le Pari gagné, par Camlingue. Belle épreuve.

132 *bis*. **Couronnement** de la Fontaine, par Esope, aux Champs-Elysées — **Arrivée de J. J.** Rousseau aux Champs-Elysées. Deux pièces par **Macret,** se faisant pendants. Belles épreuves.

NAPOLÉON Ier (Estampes relatives à)

133. Demande en mariage de l'Archiduchesse Marie-Louise au nom de l'Empereur Napoléon (A Paris chez Noël). Belle épreuve. Rare.

134. Sujets relatifs à Napoléon Ier, 46 pièces.

ORNEMENTS

135. BOSSE (Abr.). Livre d'architecture, d'autels et de cheminées, etc. Suite de 17 planches (manque le titre).

136. CUVILLIES (F. de). Nouveaux dessins de lambris. Suite complète de 6 pl. Très belles épreuves. — Lit en niche 1 pl., soit 7 pièces.

137. GUERTIÈRE (F. de la). Recueil des grotesques de Raphaël peintes dans les Loges du Vatican. Suite complète de 17 pl. Très belles épreuves en 1 alb. in-4 cart. ancien.

138. I. M. — BLONDUS (M.). Motifs de bijouterie, 7 pl. rares. Belles épreuves.

139. LACOLLOMBE (De). *Nouveaux dessins d'arquebuseries. Dessiné et gravé par De Lacollombe, Paris 1730.* Suite complète de 5 pl. Belles épreuves. rares.

140. MAROT (J.). *Diverses inventions nouvelles pour des cheminées...* titre et 13 pl. (sur 23).

141. MIGNOT (Daniel). Aigrettes, 1596, 11 planches (d'une suite de 18).

142. Pendeloques, 5 pl. (n°s 4 à 8). — Pendeloques, autre série, pl. 4 et 6, soit sept pièces.

143. Pendeloques ornées de perles, 5 pl. (pl. 2, 3, 4, 5, 6).

144. MONNOYER-SALY-CHOFFARD-PILLEMENT. Fleurs, vases, culs-de-lampe, etc., 21 pl.

145. PASSE (C. de). *Officina Arcularia... Boutique, Menuiserie...* Amsterdam, 1642, titre et 15 pl. Belles épreuves.

146. PILLEMENT (J.). Baraques chinoises, par Jeanne Deny, 5 pl. (d'une suite de 6) en cahier. Epreuves à toutes marges.

147. RANSON. Trophées de chasse, pl. 2, 3, 5, 6 — Trophées de pêche, pl. 2, 3, 4 — Huitième cahier de Trophées divers, pl. 1, 5, 6 — Cahier d'ornements pour la boiserie, cahier 10, pl. 2, 3, cahier 9, pl. 5, soit treize pièces. Très belles épreuves.

148. RUDOLPH (Ch. F.) Riches Vases rocaille dans des entourages ornés. Suite complète de 6 pl. Belles épreuves.

148 *bis.* STELLA — CUNDIER — POLYDORE DE CARARAGE, etc. Vases. Seize pièces. Belles épreuves.

149. SYLVIUS (B.) Ornements mauresques, 14 pl. rares.

150. Frises formées d'ornements mauresques, 20 pl. Belles épreuves.

151. VÉNITIEN (A.) — LE PAUTRE — VOUET (S.) Chapiteaux, frises, plafonds, 14 pièces. Belles épreuves.

152. VÉNITIEN — DUCERCEAU — LE PAUTRE — PILLEMENT, etc. Gaines, frises, orfèvrerie, broderie, etc., 18 pl.

153. VRIESE (J. V. de) Cariatides, 14 pl. (d'une suite de 16). Belles épreuves.

154. DIVERS. Décorations diverses, Portes cochères, Alcoves, Joaillerie, 21 pl. par Le Pautre, De la Fosse, Le Canu, Benard, etc.

OSTADE (A. van)

155. Paysan joyeux (B. 1) — Paysanne joyeuse (2). Deux pièces. Très belles et rares épreuves du 1er état, l'une de la collection P. Mariette.

N° 197 du Catalogue.

300

156. Le Maître d'école (17). Très belle épreuve d'état, *avant divers travaux*.

157. Le Rémouleur (36). Très belle épreuve du 1ᵉʳ état.

158. Les deux Commères (40). Belle épreuve d'état.

PHOTOGRAPHIES

159 Cent-dix photographies d'après les dessins les plus importants du XVIIIᵉ siècle, de la collection des Goncourt.

PORTRAITS

160. Girardon (F.), par P. Drevet, d'apr. Vivien — Molé (F.), par R. Nanteuil, 1649 — Voltaire, par Carmontelle et Vachez — Francœur (L. J.), par Mᵐᵉ Lingée, d'apr. Moreau le jeune. Cinq pièces.

161. Maria Serre — Longueil (René de) — Louis XVI, etc. Huit pièces par Drevet, Mellan, Levachez, etc.

162. Portraits anciens, 20 pl. par R. Nanteuil, H. Goltzius, C. Vermeulen, Hollar, etc.

163. Personnages divers, 32 pl. par Edelinck, Nanteuil, Mellan, Chereau, Savart, Marcenay, etc. Belles épreuves.

QUEVERDO (d'apr. F. M.)

164. Le Coucher de la Mariée. Belle épreuve, rognée.

164 *bis*. Les Aveux sincères — La Toilette de la Mariée. Deux pièces. Belles épreuves, rognées.

REMBRANDT VAN RYN

165. Fuite en Egypte, passage de l'eau (55). Belle épreuve.

166. Le Bon Samaritain (75). Très belle épreuve.

167. Les Trois Figures orientales (118). Très belle épreuve.

168. Les Musiciens ambulants (119). Belle épreuve du
1ᵉʳ état (déchirure).

169. Le Charlatan (129) — Le Paysan avec sa femme et
son enfant (131). Deux pièces. Belles épreuves.

170. Jésus chassant les vendeurs du Temple (69) —
Académie d'homme (196). Deux pièces. Bonnes
épreuves.

REYNOLDS (d'après Sir Joshua)

171. *Their Excellencias Prince Serge and Princess
Barbara Gagarin with Prince Nicolas their
Son*, par Caroline Watson, 1785. Très belle
épreuve.

RIBERA (J.)

172. Sᵗ Jérôme (B. 4). Superbe épreuve.

RIGAUD (d'après H.)

173. Polignac (Melchior de), par F. Chereau — Beauvau
(René de), par P. Drevet. Deux pièces. Encadrées.

ROBETTA

174. L'Adoration des Rois (B. 6). Belle épreuve.

RUBENS — COMTE DE GOUDT

175. La Vieille à la chandelle — Stellion changé en
lézard — Philémon et Baucis. Trois pièces.

RUYSDAEL (J.)

176. Le Petit Pont (B. 1). Très belle épreuve.

RYLAND (W. Wynne)

177. *Domestick Employment*, 1778. in-fol. de forme
ovale. Epreuve tirée en 2 tons et rehaussée.
Encadrée.

SAINT-AUBIN (Augustin de)

178. Adrienne Sophie, Marquise de *** (72). Très belle épreuve, avec 1 millimètre de marge.

SICARDI (d'après)

179. *Come la trovate?* par Copia. Très belle épreuve à toutes marges.

SMITH (J.)

180. *The Duchess of Grafton*, d'apr. G. Kneller. Belle épreuve, encadrée.

SUYDERHOEF (Jonas)

181. Tegularius, d'apr. F. Hals (88). Superbe épreuve.

182. Rivet (And.) — Glarges (G. de) — Heydan (Abr.) Quatre pièces.

TÉNIERS (David)

183. Les Tireurs au blanc — Les Joueurs de boule. Deux pièces. Très belles épreuves du 1er état (la seconde restaurée).

VANLOO (d'après)

184. Louis XV, par N. de Larmessin. Belle épreuve. Encadrée.

VAN GORP (d'après)

185. *C'est Papa !* par N. De Launay. Superbe épreuve.

VERKOLIE (Nicolas)

186. L'Enfant prodigue dans une maison de débauche. Belle épreuve (sans marge).

VIVARÈS (A Londres chez F.)

187. La Pudeur alarmée. Très belle épreuve *imp. en couleurs*. Encadrée.

WARD (James)

188. *A Cottager' returned from Market.* Belle épreuve *imp. en couleurs* et rehaussée (petites retouches).

120 189. *The Rocking horse*, d'apr. W. Ward. Belle épr., *coloriée* (sans marges sur 3 côtés et restaurée).

WARD (W.)

225 190. *Selling Rabbits*, d'apr. J. Ward, 1796. Belle épreuve, *imp. en couleurs* (cassures, doublée).

105 191. *Reaping — Moissonnant — The Gleaners returned — Les Glaneuses revenues.* Deux pièces se faisant pendants. Belles épreuves (légères restaurations).

140 192. *The Happy Cottagers — The Happy Father.* Deux pièces d'après J. Ward, se faisant pendants. Belles épreuves, *coloriées* (petites restaurations).

WATTEAU (d'après Ant.)

193. Amusements champêtres, par B. Audran (104). Superbe épreuve.

200 194. Les Champs-Elysées, par N. Tardieu (116). Superbe épreuve.

265 195. Fêtes Vénitiennes, par L. Cars (135). Superbe épreuve.

250 196. Leçon d'Amour, par C. Dupuis (144). Superbe épreuve du 1ᵉʳ état, *avant l'adresse de la Vᵛᵉ Chereau.*

300 197. La Perspective, par Crespy (152). Superbe épreuve du 1ᵉʳ état, *avec la faute au titre.*

198. L'Indiscret, par M. Aubert (189). Belle épreuve.

199. Colombine et Arlequin, par J. Moyreau (306). Très belle épreuve.

WHEATLEY (d'après F.)

200. *Evening the return from the Fair*, par J. Yeather. Belle épreuve *coloriée* (sans marges sur 2 côtés et petites restaurations).

WIÉRIX (Jean)

201. Pilier (J.) (A. 2013). Très belle épreuve.

WILKIE (David)

202. La Communication du Testament. Superbe épreuve sur chine.

203. Jeu d'enfants. Très belle épreuve sur chine, chargée de barbes.

WILLE (J. G.)

204. Musiciens ambulants — Les Délices maternels — La Mort de Marc-Antoine. Trois pièces, d'après Dietricy, Wille fils et P. Battoni.

IMPRIMERIE

FRAZIER-SOYE

153-157, Rue Montmartre

PARIS